Pierre-Yves FOURRIER est né à Blois (Loir-et-Cher), en 1959.

Parcours : école des beaux-arts de Tours. Se partage entre la bande dessinée, l'illustration et la collaboration à des séries de films d'animation.
Influence : Des images... Jean Cocteau, Rembrandt, Fritz Lang.
Aime : sa petite famille, le vélo, avoir le temps, la musique.
N'aime pas : la télé, les mobylettes, les endives.
Après « La sentinelle des collines », c'est le deuxième livre qu'il illustre dans la collection *Lecture en tête.*

à Florie et Mathieu…

AVANT-PROPOS

Mentir c'est pas beau, mais rêver c'est permis…

S'il est des choses que les aînés se doivent de transmettre aux enfants, il en est aussi qu'il faut rappeler aux « grands ».
Parce que leur mémoire leur fait défaut, ou encore parce qu'ils ont oublié leurs rêves entre deux pages d'un agenda trop rempli, ces grands-là ne savent plus pourquoi ni comment le monde existe.

Pourtant, ce monde oublié, peuplé d'histoires fantastiques et souvent drôles, est aussi réel que proche. Il suffit de lire entre les livres, entre les pages, entre les mots, là où l'esprit et l'âme portent plus loin, là où l'espace blanc entraîne au large.

C'est dans cet espace qu'il nous faut chercher, pour rêver, une autre réalité habillée de couleurs plus fraîches et plus gaies. C'est ici que de toute façon, petits et grands ont le plus de chances de se rencontrer.

C'est encore dans ce vide rempli d'images que se construit le monde des contes…

Au Kenya, dans le petit village de Mwapata, vit un drôle d'Africain prénommé Joseph.

Joseph Oumdéwana est sans nul doute l'homme le plus fortuné de la côte nord de l'île de Mombasa. En fait, on le croyait en France à vider des poubelles quand, un beau matin, il en est revenu bizarrement transformé.

Depuis son retour, il s'est acheté une voiture luxueuse qu'un chauffeur débarrasse à longueur de journée de la poussière rouge des pistes qu'elle emprunte. Il possède également plusieurs hôtels ainsi qu'une équipe de foot portant son nom et ses couleurs « Noir et Bleu ». En outre, il aime à faire le bien autour de lui et a financé, en partie, la construction d'une école maternelle.

Au village, les plus crédules pensent qu'il aurait trouvé tout cet argent au fond d'une vieille malle enfouie sous un tas d'ordures. Quant aux jaloux, pour eux, à n'en pas douter : « Monsieur Joseph était et reste un voleur ! »

Eh oui, à Mwapata comme partout, les cancans vont bon train ; chacun y va de son hypothèse, de la plus farfelue à la plus raisonnable. Pourtant, tout le monde s'accorde à dire qu'il y a du mystère là-dessous. Car, noir et sympathique, Joseph l'est depuis sa naissance ; mais riche comme Crésus, seulement depuis cette fameuse nuit de Noël...

Il faut dire que monsieur Oumdéwana a toujours eu une fâcheuse tendance à mentir ou à exagérer quand il raconte en bégayant ses aventures, le soir sur sa plage privée de l'océan Indien, à des gamins frisés couleur d'ébène. Et, quand il narre par exemple comment sa fortune lui est tombée du ciel, cette nuit-là, dans l'autre hémisphère, en plein Paris, on a beaucoup de mal à le croire. Car, d'après lui, elle ne lui aurait pas été donnée par un Noir comme eux, ni par un Blanc comme tous ces touristes qui virent au rouge en un quart d'heure au soleil, mais bien par un « Bleu ».

Alors, parce qu'il est très riche, mais aussi très gentil, on évite de lui rire franchement au nez. Tout le monde l'aime bien ici, et donc on ne fait que lui sourire. De plus, on le croit un peu sorcier et devin : il aurait été, dit-on, initié aux secrets de l'Univers par trois « poètes de l'autre ciel », comme il les appelle...

– Bleus d'accord, mais bleus comment, demande Johanna ?

Le petit-fils de Massaïs au prénom féminin, assis avec les autres mômes, à l'ombre en cercle autour du conteur, ne parvenant pas à comprendre ses propos, s'agite sur le sable.

– Bl... bleus comme la mer, co... comme le ciel. Bleus quoi ! répond Joseph.

– Ça alors, dit le garçonnet en écarquillant les yeux. Comme certains de ces lézards que l'on voit grimper aux troncs des palmiers ?

– Ou alors comme le derrière des petits singes qui viennent parfois mendier des bananes ? s'esclaffe un autre.

– Oui… si… si tu veux, reprend Joseph en souriant.

Le cercle s'anime encore un peu plus en se resserrant autour du « sorcier ». Une fillette bouche bée pousse sa voisine du coude tandis qu'une autre ricane, une main masquant sa bouche pour tenter de rester discrète. Une dernière en profite pour aller plonger dans les vagues qui, régulièrement, viennent lui lécher les chevilles…

Johanna ne comprend toujours pas ce que peut bien raconter ce milliardaire-guérisseur-conteur-ex-éboueur :

– Mais c'était quand ? Et ils venaient d'où ? Tu les as trouvés dans une poubelle ? Ils avaient des antennes ? Est-ce qu'ils mangeaient les petits enfants… ?

Devant ce déluge de questions, Joseph est pris d'un rire sonore, qui se transforme très vite en quinte de toux (selon lui, il aurait pris froid en Europe, et pour longtemps).

– Mais non, i… ils étaient très gentils !

Je... je vous ai expliqué que c'étaient des po... poètes. Et, croyez-moi, un po... poète ça ne peut p... pas être méchant, ou a... alors ce n'est pas un vrai po... poète.

Bon ! je... je crois, dit-il en essayant de calmer et sa toux et les gamins, que je ferais bien de... de... reprendre mon histoire au... au... tout début.

Il se lève pour dégourdir son corps d'échassier, puis s'assoit de nouveau, déplie ses longues jambes. Et ses mains tendues qui suivent de loin la fumée des pêcheurs font en s'ouvrant vers le ciel un geste semblant indiquer qu'il aimerait l'embrasser tout entier.

– Ils venaient de là... là-haut, très haut, tr... très loin, derrière le firmament. C'était il y a cinq ans maintenant. À l'époque, j'en a... avais presque quarante...

Chapitre 1

L'ARRIVÉE

. . . Pour la troisième fois et en vain, Kronx tentait de faire démarrer l'appareil.

– Quel engin ! marmonna-t-il entre ses dents. Tomber en panne à même pas une année lumière du but, je vous demande un peu !

Au bout d'une minute, il cessa de frapper du poing le malheureux petit voyant rouge qui s'obstinait bêtement à ne pas vouloir s'allumer.

– ✡●❏❒▲✌ ❏■ ❙ ❖❀ ❏◆ ❏◆❏✼ ? * demanda Yonahh en refermant la portronique derrière lui à l'aide de son télé commandeur. Puis, se ravisant, il reprit en terrien :

* *se référer au* « Petit glossaire pour bien parler le helluard », *page 103.*

– Alors on y va ou quoi? Tu sais, je crois bien que Wwrang s'impatiente et il n'est pas le seul. On trouve le paysage plutôt monotone par ici et...

Kronx fit pivoter son siège et, en guise de réponse, le regarda droit dans les yeux, lui projetant toute une série d'images mentales.

– Comment vides? lui rétorqua Yonahh, mais c'est impossible, nous ne sommes pas encore arrivés!

Le jeune helluard enfonça quelques touches, poussa autant de curseurs et dut se rendre à l'évidence.

– Écoute, reprit-il au bout d'un moment, je ne sais pas ce que tu comptes faire, mais moi je n'ai nullement l'intention de moisir ici. D'ailleurs, dans cette partie-ci de l'espace il n'y a strictement rien à visiter, pas même un space-land ou un vidéo-golf pour se détendre : une vraie Zhôn! C'est d'un triste!

... Tu sais, on a juste à envoyer un cod-message aux copains, là-haut, eux nous affrètent un remorcableur, et le tour est joué! Hein? Qu'est-ce que tu en dis?

Kronx ne put réprimer un sourire. Il n'avait bien sûr pas pu choisir lui-même ses coéquipiers mais, si tel avait été le cas, il est à peu près certain que son choix se serait porté sur Yonahh, simplement parce qu'il était jeune et insouciant, et que pour remonter le moral d'un équipage, il n'y en avait pas deux comme lui.

Cependant, et cette fois en usant du langage parlé qui était le leur, ce fut assez durement qu'il lui répondit :

– Tu as toujours tendance à oublier que je suis ton chef. C'est à moi, et à moi seul, que revient le droit de décider de ce que nous pouvons faire ou non ; j'aimerais que tu t'en souviennes à l'avenir ! Et laisse ces manettes tranquilles quand je te parle !!!

– En attendant, bougonna le jeune pilote, ●❄ ❂❑◆●❑▼ ❁ ❄■❃❑❒❄ ❫▼❫ ❂❱❃●❫✂

– Comment?

– Pardon ! Je dis que le travail a été encore bâclé, comme d'habitude.

C'est vrai quoi, on nous envoie pendant nos repos-congés, en éclaireurs, sur une planète quasiment inconnue à l'autre bout de l'Univers, et personne n'a été fichu de faire le plein?

Kronx devait bien avouer qu'il y avait sûrement eu du sabotage dans l'air. Mais, devant Yonahh, il ne voulut rien laisser transparaître et verrouilla son système de pensées.

Yonahh boudait dans son coin quand, peu de temps après, Wwrang pénétra à son tour dans la petite salle baignée d'une faible lueur rougeâtre, en lançant un grand coup de pied dans la portronique. D'une main, il tenait son télécommandeur et, de l'autre, une boîte de la taille d'un carton à chaussures.

– Nom d'un blochmoï! jura-t-il. Rien ne marche donc jamais dans cette fichue boutique!

Il s'avança vers Kronx et lui tendit la boîte.

– Qu'est-ce que c'est?

– De quoi arriver à bon port. Depuis le temps que je bourlingue dans le cosmos, j'ai pris l'habitude d'emporter avec moi un petit en-cas.

Il fit jouer le système d'ouverture et souleva le couvercle.

– Du lysium?

– Ouais! et solidifié en plus. Trois pains de deux livres chacun. L'ordinateur m'a prévenu que nous étions en panne sèche. Tu crois que ce sera suffisant?

Sans un mot, Kronx sortit les trois plaquettes de leur étui et les déposa devant le clavier, puis se mit à taper :

✱✱✱ Demandons analyse complète produit présenté...

☆☆

✱✱✱ Produit présenté : LYSIUMEX331

☆☆

✱✱✱ Je sais, imbécile
Demandons conversion en carbulitres...

☆☆

✱✱✱ 20 938 CARBULITRES
Imbécile vous-même...

Kronx crut bon de ne pas relever l'insulte. De toute façon, l'ordinateur de bord avait toujours le dernier mot puisque c'était lui qui l'imprimait.

– 20 000 litres devraient suffire, dit-il. Tout au moins à donner au vaisseau assez de puissance pour arriver aussi discrètement que possible sur notre planète de destination : la Terre. Mais pour le retour… ?

Il était de nouveau seul aux commandes quand l'écran 3D s'illumina.

– K.r.o.n.x?

(Cette manie d'épeler les noms des subordonnés…)

– En personne, « F »!

– Repos!… Êtes-vous arrivés?

– Non, pas encore. Nous avons eu quelques petits problèmes.

– Rien de grave, j'espère!

– Manque de carburant!

L'autre parut soulagé.

Kronx, quant à lui, tenta de se contenir du mieux qu'il put. Plus il serait laconique et plus il serait poli. Le chef de cinquième zone sembla s'en apercevoir.

– Tu as l'air irrité, K.r.o.n.x.

– Ce n'est pas le mot, « F », inquiet serait plus juste.

– Ah oui ! bien sûr, je vois. Tu te demandes sans doute comment faire pour rentrer à la maison une fois votre mission terminée. Eh bien je voulais justement m'entretenir de cela avec toi. Mais avant, permets-moi un petit réglage : ton visage, vu d'ici, paraît déformé.

– Laissez vos curseurs, chef, je pense que l'image va s'améliorer au fur et à mesure de vos explications.

– Hum ! je comprends, oui... Donc, où en étais-je ? (Kronx était sur le point d'exploser.) Ah oui, je te disais que nous avions volontairement rempli vos réservoirs à moitié !

– Volontairement ??

– Attends ! Calme-toi et laisse-moi t'expliquer. Cette idée n'est pas mienne. Elle émane du « A » en personne. C'est, toujours d'après lui, une garantie supplémentaire au succès de votre entreprise. Je m'explique.

Une fois votre travail terminé sur Terre, vous n'aurez qu'à nous prévenir et, à ce moment-là seulement, l'ordinateur de bord vous indiquera la combinaison de chiffres permettant d'ouvrir le sas 13. À l'intérieur de ce sas se trouve en effet près d'un quintal de lysium solidifié. Tu vois, c'est très simple, non?

« F » passa une main sur son crâne lisse. Il se serait volontiers dispensé d'une telle entrevue.

– Bien sûr, poursuivit-il, et pour éviter tout retour précipité de votre part, l'ordinateur, et lui seul, sera juge de la quantité et de la qualité de la « marchandise » que vous rapporterez. Il a d'ailleurs été programmé dans ce sens. Voilà ! vous en savez désormais autant que moi, il ne me reste plus qu'à vous souhaiter bonne chance et bonne prospection... Salut, K.r.o.n.x !

L'écran 3D s'éteignit. Kronx s'était assis.

– Salut, dit-il, ⑧ ❖❊❈◆l ❊❑◆ ⑨, peu respectueux de la hiérarchie.

Dans l'heure qui suivit, les trois helluards se retrouvèrent réunis autour de la grande table du sas 20, là où habituellement ils prenaient leur repas. Mais, pour une fois, personne ne pensait à manger, pas même Yonahh.

– Ah, on peut dire que c'est fort, commenta Wwrang ; ou on fait le boulot vite et bien ou ce tas de ferraille qui nous sert d'ordinateur nous abandonne sur cette planète inconnue. Un point pour eux!

– Tu as raison, continua Yonahh, on est bel et bien coincé. L'heure est peut-être venue pour notre vénéré chef de nous dire en quoi consiste exactement notre mission puisqu'il est, pour l'instant, le seul à mesurer toute l'étendue de nos malheurs...

– C'est impossible tant que nous ne serons pas arrivés! dit Kronx.

Wwrang et Yonahh se regardèrent, interloqués par cette réponse inattendue.

– Comprenez-moi, reprit-il presque en s'excusant, j'ai reçu des ordres.

Wwrang se leva avec une mine de dégoût et commença à tourner très lentement autour de la table.

– Des ordres! Monsieur le responsable de la mission a reçu des ordres! Ce n'est pas parce que depuis peu monsieur K.r.o.n.x.x est devenu un « 5 lettres » qu'il doit prendre les autres pour des imbéciles. Dès le départ, j'ai compris qui était l'instigateur de cette charmante excursion : Le Suprême, le « A » lui-même.

Il n'y a qu'un fou comme lui pour nous envoyer jouer les ✳◆❇✳■❑●▲ sur Terre, c'est absolument certain. Cela fait maintenant près de dix ans que je « fais les courses » pour cet illuminé.

– Doucement, le coupa Kronx, nos conversations sont sans aucun doute enregistrées.

– Eh bien qu'elles le soient, poursuivit Wwrang, cela ne me dérange pas! Je vous dis que je commence à bien le connaître :

La première fois, il m'a demandé, ainsi qu'à douze autres prospecteurs, d'aller lui chercher un caillou sans valeur – un échantillon de planète que l'on voyait à peine d'Helluard – le voyage a duré deux ans.

Puis, un peu plus tard, ce fut un couple de gallux qu'il fallut absolument capturer vifs et ramener à la base.

La dernière expédition en date, la plus terrible, remonte à quelques années : il s'agissait de démontrer qu'il était possible de reculer à pleine vitesse à l'intérieur d'un trou noir; trois de mes meilleurs copains sont morts lors de cette expérience.

Tu devrais t'en souvenir, Kronx, c'est ce

qui t'a valu ta promotion, ta lettre en moins. C'est bien toi qui pilotais ce jour-là, non?

Tout en parlant, Wwrang s'était retrouvé juste en face de son chef :

– Et tu sais très bien pourquoi ils sont morts! Oh, pas pour la recherche scientifique comme on l'a prétendu, mais tout simplement parce que Le Suprême s'ennuie, parce qu'il lui faut sans cesse de nouveaux sujets d'étude, de nouveaux jouets, de nouvelles aventures par procuration.

Il paraît qu'au début de son règne, il allait jusqu'à faire enlever des enfants, des orphelins m'a-t-on dit pour la plupart, et il s'amusait à les transformer avant de les envoyer, au hasard, de par le Monde, juste pour voir...

À cette évocation, Kronx se mit subitement à blêmir.

Wwrang se rassit à sa place puis se tut un moment avant d'ajouter en regardant machinalement par le hublot :

– Qu'a-t-il pu inventer cette fois, hein? Qu'est-ce qu'on doit ramener aujourd'hui? Un animal? Une plante? Des humains peut-être?

Tout à coup une secousse brutale ébranla le vaisseau, qui sembla frémir un court instant. Puis ce fut le silence total.

Dès que l'engin se fut posé au sol, l'ordinateur enclencha le processus prévu, celui dit de camouflage.

La nuit était fraîche et très noire et il y avait peu de chances pour que quelqu'un ait pu repérer l'atterrissage, hormis deux ou trois hiboux dérangés dans leur chasse nocturne.

Les parois du vaisseau se transformèrent donc instantanément en murs de briques, les hublots en croisées à petits vitrages, le portique du sas principal en porte d'entrée. À la place du périscope, se dressait désormais une cheminée traditionnelle. On avait même poussé le souci du détail jusqu'à briser, çà et là, une vitre et laisser pendre un écriteau sur lequel on pouvait lire « À VENDRE, MAISON HANTÉE ».

La maison n'était en fait que la partie émergée de l'iceberg. En effet, peu après l'extinction des réacteurs, l'engin avait entrepris de creuser une énorme cavité dans laquelle près des neuf dixièmes du vaisseau disparaissaient.

Cette manœuvre pouvant sembler superflue puisque aussi bien, sur ce bout de lande désertique, il n'y avait âme qui vive à moins de cinquante kilomètres à la ronde.

De plus, les rares habitants de cette contrée ne commençaient à mettre le nez dehors qu'à l'approche du printemps, et se méfiaient des fantômes et des nuits sans lune.

C'était vraiment l'endroit idéal !

Évidemment, cela demandait aux trois helluards de redoubler de prudence quant à leurs déplacements de leur point de chute aux grandes métropoles. Mais au moins, ici, ils ne seraient pas dérangés par les voisins. Et de leur discrétion dépendait le succès de l'opération.

– Où vas-tu?

Yonahh, sans se retourner, continua de composer la combinaison du sas d'entrée principale.

– Tu le vois bien, je sors!

Kronx lui arracha le décodeur des mains.

– Eh bien quoi, se défendit le plus jeune, l'atmosphère est respirable, le thermomètre extérieur indique –5 °C, ce qui voudrait dire que nous sommes en plein été. Je ne vois vraiment pas pourquoi je n'irais pas me dégourdir les jambes.

– As-tu seulement pris connaissance des notes qu'on nous a distribuées avant le départ?

Kronx se passa une main sur le visage. Devait-il rire ou bien se fâcher? Yonahh était de toute évidence le moins expérimenté des trois, mais sa naïveté, voire son inconscience, n'excusait quand même pas tout.

Il s'efforça de trouver un compromis entre la patience et la fermeté :

– Tu ne vas pas me dire que tu ne les as pas mémorisées?

Quand Yonahh était contrarié, ses pieds semblaient ne plus lui obéir. Ils imprimaient à son corps tout entier une sorte de danse connue d'eux seuls.

– Ce n'est pas ma faute, dit-il entre deux pas, la bande s'est cassée au tout début de l'enregistrement et je n'ai pas voulu t'ennuyer avec ça. Tu avais assez de problèmes...

Il est vrai que le départ avait été des plus mouvementés et que, s'ils n'avaient pas artificiellement tranquillisé Wwrang, ce dernier aurait certainement passé au désintégrateur pour insubordination caractérisée envers ses supérieurs, dont Le Chef Suprême.

– Arrête de gigoter, veux-tu, et viens avec moi, dit Kronx.

Yonahh le suivit à travers un dédale de couloirs hexagonaux qui débouchaient tous sur un ascenseur permettant d'atteindre les degrés inférieurs.

Au quatrième niveau, ils s'arrêtèrent devant une porte et Kronx fit signe à son compagnon d'entrer.

– Nous voici dans la grande vidéothèque, annonça-t-il. C'est ici que sont stockés tous les renseignements que nous possédons actuellement sur la Terre et ses habitants.

Il fit le tour de l'immense salle en désignant du doigt les innombrables cassettes empilées sur des étagères.

– Tu vois, reprit-il, nous avons beaucoup de données. Tout a été soigneusement classé et répertorié : géographie, histoire, linguistique, sciences... Pourtant, il y a encore un tas de choses que nous ignorons sur les terriens. En particulier, leur comportement.

D'après nos scientifiques, ce comportement jusqu'à présent instinctif serait sur le point de disparaître pour laisser place au stade supérieur que nous connaissons bien sur Helluard : la Logique, le Rationnel, la ✲❁✲▲❑■ (ici, Kronx ne trouva pas de traduction convenable). Pour nous, ce basculement s'est produit il y a déjà des milliers d'années et, si nos savants sont capables de le dater, en revanche ils ne savent toujours pas en expliquer le mécanisme.

Yonahh se racla la gorge avant d'interrompre son chef :

– Et c'est pour cela que nous sommes ici ?

– En partie, oui!

– Cependant, protesta Yonahh, selon

Wwrang, nous serions gouvernés par un dément. Alors, où est la Logique et la ✲❁✲▲❑■ dans tout ça?

– Moins fort veux-tu, fit Kronx en se détournant de l'œil des caméras.

– Quand même, reprit le jeune helluard, en usant de la télépathie :

Wwrang n'est pas le seul à le penser. Aujourd'hui, de plus en plus d'helluards tiennent un discours semblable, même s'ils n'osent pas l'exprimer de vive voix. Tu sais, je discute souvent avec beaucoup de jeunes, et pratiquement tous seraient d'accord pour qu'on revienne à l'Helluard de nos ancêtres. Quand la planète n'était qu'harmonie, poésie et beauté. Les gens en ont assez de l'ordre établi par le « Λ ». La science c'est bien mais, petit à petit, nous sommes en train de perdre nos plus beaux contes, nos plus beaux vers. Je ne sais pas si d'ici dix ans il restera encore un poète chez nous, et si je serai encore capable d'inventer une belle histoire pour mes futurs enfants.

– Je sais tout cela, dit Kronx, et peut-être mieux que quiconque, mais pour l'instant ce qui me préoccupe c'est de pouvoir rentrer le plus rapidement possible. Espérons que, pour une fois, le « A » n'ait pas tout à fait tort. Si nous découvrons comment se fait le passage entre différents stades d'évolution d'une espèce, il est probable que notre civilisation fera un bond gigantesque en avant.

– Ben, j'aurais préféré en arrière ! ironisa Yonahh.

Kronx eut un sourire en interceptant la réponse sceptique de son équipier. Il reprit plus doucement encore :

– Si je ne t'ai pas laissé sortir c'est que, vois-tu, il y a une quantité de choses que tu ignores encore et que tu ne vas pas tarder à mémoriser. Des petits détails, bien sûr, mais qui ont leur importance.

Exemples : les terriens possèdent un système pileux sur tout le corps et leur température interne est beaucoup plus élevée que la nôtre. À l'inverse, leur quotient intellectuel est très nettement inférieur. Leurs façons de s'habiller, de se nourrir, de communiquer pourront aussi te paraître étranges.

Ils ne pratiquent ni la télépathie, ni l'invisibilité contrôlée. Tu vois, même s'ils nous ressemblent comme des frères, il existe des différences fondamentales.

– Je comprends, fit Yonahh.

– Bien, reprit Kronx, quand tu auras réparé la bobine et tout enregistré, profites-en pour lire attentivement notre ordre de mission. Je vais demander à Wwrang d'en faire autant.

Il se dirigea vers la porte et se retourna brusquement.

– Ah oui, j'oubliais! Leur peau...

– Quoi, leur peau? demanda Yonahh.

– Elle n'est pas bleue comme la nôtre!

Il sortit.

– Deux tonnes d'ordures!

Wwrang se balançait sur son siège, les écouteurs rivés aux oreilles; un rictus déformait son visage.

...., Ramener près de deux mille kilos de détritus sur Helluard afin de les analyser.

Et tout ça parce qu'un sociologue qui a dû voir le jour dans une boîte de conserve estime que pour comprendre une civilisation il suffit d'en étudier ses poubelles et ses déjections.

Allons, fit-il en direction de Kronx, tu vois bien que le « A » n'a plus toute sa raison : ce n'est pas un ordre de mission, c'est une blague...

– Pas le moins du monde, tu as très bien mémorisé!

– Alors celle-là, c'est la meilleure! reprit Wwrang dans un grand éclat de rire : « Dis-moi ce qu'il y a dans ton tas d'ordures et je te dirai qui tu es! » Je crois bien que nous ferions mieux de rentrer!

Kronx se raidit.

– Tu sais bien que c'est impossible! dit-il.

L'attitude de Wwrang ne lui plaisait pas du tout, pas plus que cette mission du reste, mais il n'y pouvait rien. Même si ces instructions semblaient ridicules, il avait tort de les prendre à la légère, pensa-t-il.

– Es-tu allé jusqu'au bout de l'enregistrement? demanda-t-il à Wwrang.

– Tu veux savoir si j'ai bien retenu ma leçon?

– Réponds, c'est tout!

– Oh, reste calme, chef! fit Wwrang d'un ton amusé. Si cela peut te faire plaisir, sache que, Yonahh et moi, avons lu les notes et écouté la bande au moins trois fois.

Puis il ajouta avec malice :

– Il faut dire que c'est si drôle!

– Je ne vois vraiment pas ce qu'il y a de si drôle.

Wwrang reprit son sérieux. Il se leva et se campa devant son supérieur (il le dépassait d'une bonne tête) :

– Tu ne vas quand même pas nous dire que tu trouves cet ordre rationnel? Pour moi, c'est une fois de plus l'œuvre d'un fou... Arrête-moi si je me trompe!

Voici le programme :

- Un, promenade dans les décharges municipales.
- Deux, pratique du vampirisme.
- Trois, vol à l'étalage.

Je n'ai rien oublié, c'est bien cela?

Kronx fit quelques pas pour ne plus avoir à soutenir le regard furieux de son compagnon dont les pensées négatives continuaient à le harceler par vagues d'ondes successives.

– C'est en effet, commença-t-il, une interprétation possible des modalités de notre action sur cette planète. Mais, personnellement, je préfère la version scientifique :

- Un, collecte de déchets dégradables en vue d'une analyse sociologique ultérieure complète débouchant sur un profil type de société.
- Deux, prise de sang sur au moins trois spécimens humains influents de cette société.
- Trois, recherche et achat du « LIVRE ».

– C'est exactement ce que je disais ! conclut Wwrang avant de se rasseoir. Il se laissa tomber dans un suspenseur puis le fit pivoter en direction de Yonahh.

– Qu'est-ce que tu en penses, toi?

– Eh bien, commença le jeune helluard, la sémantique n'étant pas mon domaine, je vous laisserai libres des mots à employer quant à notre ordre de mission. Par contre…

– Oublie ma question, tu veux? lui souffla Wwrang en soupirant, la tête entre les mains.

… Par contre, déclara Yonahh plus fort, laissez-moi vous dire que cela fait trois nuits que le vaisseau s'est posé et aucun de nous n'a encore mis le pied dehors. Nous n'arrêtons pas de nous chamailler comme des gamins ; je pense qu'il serait grand temps de nous remuer un peu.

Puis il ajouta à l'adresse de Kronx : « Sauf votre respect ! »

– Il n'a pas tort, répondit celui-ci. D'ailleurs, nous allons immédiatement nous répartir les différentes tâches. Qui se charge des poubelles ?

– ...

– Bon, je vois ! En fait, je m'y attendais un peu. Il ne me reste plus qu'à faire preuve d'autorité. Étant le chef de cette mission, je me chargerai du « LIVRE ». Pour le reste, jouez les rôles aux ❩❋✣❉❋▲ et tenez-moi au courant. Bonne chance !

Carnet de bord

■❑▼❄▲ ✎➧✒✡

... Chacun de nous sait maintenant très précisément ce qu'il doit faire : Wwrang a hérité de la sale besogne (il n'a jamais eu de chance au jeu). Il s'est levé et a quitté

la pièce sans trop protester. J'espère seulement ne pas m'en être fait un ennemi. Je pense en effet qu'il doit être un peu jaloux de ma récente promotion.
Yonahh, lui, au contraire, semble très excité par son nouveau rôle de « vampire ». Il m'a posé mille questions en se dandinant sur place et en se grattant la moustache.
Je leur ai distribué à tous deux, comme prévu, les compléments d'information nécessaires. Cela devrait suffire à la réussite de l'opération...
PS : La jeunesse de Yonahh sera sans aucun doute un atout supplémentaire...

<u>Carnet de bord</u>
■❑▼❄▲ ⚭●⚬+

... L'ordinateur a surpris Wwrang en train d'essayer de vider le contenu de ses mémoires afin de pénétrer dans le sas qui renferme le carburant. Cette fois, il est bon pour un rapport, et je ne pourrai rien faire...

<u>Carnet de bord</u>
■❑▼❄▲ ⚭●⚬✧

... Nous avons désormais convenu d'une date

de sortie : demain dès l'aube. Tout a été minutieusement préparé et nous nous habituons progressivement à notre nouvelle apparence.
Non seulement les ampoules de Dermcolor sont imbuvables mais, en outre, elles donnent la nausée et de violentes migraines.
Heureusement, les implants de cheveux et de barbes sont une réussite totale…

<u>Carnet de bord</u>
■❑▼❄▲ ✍✓✡
… C'est le jour J. Nous sommes maintenant présentables et devrions pouvoir nous glisser dans le flot continu des indigènes de la capitale. Il n'y a qu'à Wwrang que le déguisement ne plaît pas. Yonahh, pour sa part, change de coiffure toutes les heures et se promène, en permanence, avec un peigne à la main. Aux dernières nouvelles, il se serait fait une « banane? »…
Personnellement, je nous trouve plutôt comiques même si, à cet instant, je n'ai guère « les cœurs » à rire.
Je suis persuadé que nous allons passer inaperçus, si toutefois nous restons en

bonne santé, car un examen interne nous trahirait immédiatement.
Donc, comme convenu, nous nous retrouverons dans soixante-douze heures (heures terrestres) exactement... J'ai franchi le sas d'entrée principale en premier et me suis retrouvé — comment dit-on déjà? — ah oui : « à l'air libre »... Drôle d'impression...!

Le cercle d'enfants s'est rétréci, comme l'heure avance. À quelques mètres de là, sur la plage, un dromadaire s'agenouille péniblement; ses pattes avant sont entravées et il regarde, de son air nonchalant, son maître en grande discussion avec de jeunes Swahili, marchandes de pagnes.

Johanna, patient et intéressé, s'amuse à dessiner sur le sable tout en écoutant. Inlassablement, il fait et refait le même dessin : un grand rond et trois bonshommes qu'il efface aussitôt d'une caresse du dos de sa main. Puis, il appuie son index et l'enfonce doucement pour recommencer. Finalement, semblant satisfait de son œuvre, il se décide à la conserver et à l'immortaliser en inscrivant, juste en des-

sous : « HELLUARD. »

– Comment sais-tu tout ça, demande-t-il au bout d'un moment ?

Joseph s'éclaircit la voix avant de lui répondre :

– Eh... eh bien tout simplement parce que... que..., je les ai vus. Je... je suis monté à bord de leur vaisseau. Et... et puis, j'ai lu leur fameux ca... carnet de bord. J'ai même réussi à su... subtiliser, avant de sortir, une po... poésie que Kronx avait é... écrite. C'était le jeune, Yo... Yonahh, qui était chargé de m'hy... m'hy... pnotiser pour que j'oublie tout. Je... je crois qu'il a dû se mé... mélanger les pédales parce que mes... mes souvenirs sont intacts. Parfois, c'est tellement clair dans mon... esprit que... que j'ai l'impression que c'... c'était hier.

Sans prêter la moindre attention au petit groupe, quelques vendeurs ambulants rangent soigneusement les statuettes d'éléphants et de girafes qu'ils avaient plantées, le matin, pour attirer les regards des touristes.

Dans l'air chaud, les flamboyants tulipiers et frangipaniers exhalent des senteurs exquises.

– Tu sais donc lire ? questionne une fillette.

– Avant, juste un peu, avoue Joseph. Mais de… depuis qu'ils sont arrivés et que je… je les ai rencontrés, très bien. Et puis le reste je… je l'ai déduit.

– Tu veux dire inventé ? précise Johanna.

Joseph réussit à éluder la question du gamin :

– Lai… laisse-moi plutôt continuer, fait-il assez sèchement en repliant ses jambes sous lui…

Chapitre 2

WWRANG

Les rues étaient illuminées mais désertes en cette période de Noël. C'était fête sur Terre. La neige avait gentiment recouvert la crasse de la cité. Sur les trottoirs, près des sapins enguirlandés, seuls quelques sacs de plastique noirs ou bleu-clair, ficelés à la hâte, mouchetaient, çà et là, le tapis blanc.

Ces choses informes allaient, pour la première fois de leur existence, être le butin d'un voleur peu ordinaire.

Wwrang, qui pour ne pas se faire remarquer avait endossé un épais manteau rouge, maudissait à présent ce stupide accoutrement. Debout derrière une cabine téléphonique, il transpirait à grosses gouttes, et ces poils sur sa tête et son menton ne faisaient qu'accentuer sa gêne.

« C'était la quatrième, pensa-t-il, seulement la quatrième rue. À ce rythme-là, il me faudra bien plus de trois nuits pour rapporter la "marchandise". »

Il imagina Kronx goûtant aux spécialités locales en compagnie de jolies terriennes et cela eut pour effet de l'anéantir encore un peu plus.

« Il faut pourtant bien aller chercher les ordures là où elles se trouvent, se dit-il, et déblayer la neige des décharges publiques aurait demandé encore plus de temps et d'efforts. » Alors, il n'avait trouvé comme solution qu'un ramassage ponctuel, rue par rue.

Techniquement, ce procédé offrait bien des inconvénients : être obligé à chaque fois de prendre le sac, de l'ouvrir, de le vider dans le dématérialisateur ne l'amusait guère. Il devait ensuite le faire disparaître, quand il ne s'agissait pas d'une poubelle rigide, auquel cas il fallait la remettre en place tout en s'assurant que la rematérialisation s'était effectuée correctement à bord du vaisseau.

Pour ce faire, il restait en contact permanent avec cet ✻❄✻❑▼ d'ordinateur.

Wwrang avait caché le dématérialisateur à l'intérieur de la cabine et, si par malheur quelqu'un venait à le surprendre, il pouvait soit se rendre invisible, soit se faire passer pour un clochard ou un ivrogne – il avait remarqué qu'à cette heure de la soirée, leur nombre allait en augmentant.

Après quelques voyages supplémentaires du trottoir à la cabine, et inversement, l'helluard décida de changer de quartier. Ici, les sacs étaient peu nombreux et passablement remplis. Il s'apprêtait à emporter le dernier quand il glissa sur une plaque de verglas, entraînant dans sa chute une pleine poubelle de boîtes métalliques et bouteilles vides. Le tout, en tombant, fit un vacarme épouvantable susceptible de réveiller tout le voisinage.

Wwrang resta un moment accroupi, scrutant les fenêtres et se demandant s'il allait devoir entamer un processus d'invisibilité (ce qui, même pour un helluard, est toujours un peu éprouvant).

– C'est toi, Père Noël?

La petite voix qui l'interpellait venait du

rez-de-chaussée de la maison située juste derrière lui. Il se retourna brusquement.

– C'est toi ou c'est pas toi?

– Eh bien, mais... En fait, répondit-il, c'est fort possible.

Il secoua la neige qui collait à son manteau puis reprit d'un air embarrassé :

– Qu'est-ce que tu en penses, toi?

– Moi, fit la voix par l'entrebâillement du volet, je pense que oui. J'ai bien reconnu ta barbe blanche...

– Ah oui! la barbe. Gagné! fit Wwrang de plus en plus mal à l'aise, tu es un petit malin. À toi, on ne peut rien cacher, hein?

– Tu me l'as apportée?

– Euh, quoi donc?

– Mais la paire de rollers que j'ai commandée!

– Ah non, avoua Wwrang, moi tu vois je n'apporte pas, j'emporte...

– Et qu'est-ce que tu emportes?

– Des poubelles!

– Alors t'es pas le Père Noël, t'es un poubelleur!

– Je crois qu'on dit « éboueur », précisa l'extraterrestre, pas très sûr de lui.

Il y eut un moment de réflexion derrière le volet, puis la petite voix reprit de plus belle :

– Non! L'éboueur c'est celui qui mange de la boue.

– Tu crois? questionna Wwrang.

– Ouais, sûr!

Wwrang, qui ne voulait pas parier, préféra interrompre la conversation, d'autant plus qu'il aperçut une voiture de police qui de toute évidence se dirigeait vers lui. Il dut faire un gros effort de concentration afin de se rendre invisible.

– C'était sûrement pas un poubelleur non plus, conclut la voix derrière les persiennes.

– Ça alors!

– Quoi donc?

– Tu ne vois donc pas?

– Non, où?

– Regarde, là-bas!

– Mais quoi, à la fin? demanda l'agent Dana S…

– Entre le réverbère et la cabine, ces traces dans la neige : elles s'arrêtent et puis plus rien…

Dana stoppa la voiture de service qui roulait depuis un bon moment au pas, baissa sa vitre et regarda dans la direction indiquée par l'index de son collègue, l'agent Renard.

– Oui, et alors?

– Tu ne trouves pas ça bizarre, toi?

– Qu'il y ait des empreintes de pas et personne au bout? Ben non! Certainement quelqu'un qui aura pris un taxi.

Elle n'avait qu'une envie : finir sa ronde au plus vite pour pouvoir aller boire un café brûlant au poste. La jeune femme fronça tout de même les sourcils avant de regarder une nouvelle fois et de reprendre :

– Qu'est-ce qui t'inquiète, au juste?

– Il n'y a aucune trace de pneus! fit l'autre.

Ce rêveur avait raison mais il n'empêche qu'il commençait passablement à l'agacer.

– Un vélo peut-être? essaya-t-elle.

– Impossible avec cette couche de neige!

– Bien! (Elle devait rester calme.) Et que faut-il en conclure? Que c'était Superman ou E.T. qui, après un bon réveillon sur Terre, s'est envolé pour aller chercher de l'aspirine chez lui?

– Vraiment étrange, fit Renard sans l'entendre. Il faut que j'aille voir ça de plus près.

– Maintenant, ça suffit! hurla l'officier. Ferme-moi cette portière tout de suite! Il est trois heures du matin, j'ai froid, j'ai faim, ma mère va me faire la tête parce que j'étais de service cette nuit et qu'elle avait commandé une énorme dinde. Alors tes traces avec rien au bout, tu pourras toujours revenir les voir demain, mais sans moi. D'accord?

La puissante voiture de la DST reprit sa route silencieuse avec, à son bord, un chauffeur exaspéré et un passager perplexe qui n'en finissait pas de jeter des coups d'œil furtifs à l'arrière du véhicule.

Elle était déjà loin quand Wwrang retrouva sa forme presque « humaine ». Son crâne lui faisait mal, et il se sentait encore tout étourdi de son invisibilité contrôlée.

« Infaisable » fut le premier mot qui lui vint à l'esprit.

Tout seul, et en si peu de temps, c'était

tout bonnement infaisable. Il lui aurait fallu de l'aide et même beaucoup d'aide.

Il existait bien un moyen, pensa-t-il, mais défendu…

– Après tout, se dit Wwrang en se déconnectant du stupide ordinateur, personne n'ira voir. Et je pourrai toujours mentir à Kronx.

Pour comble de malchance, la neige s'était mise à tomber à gros flocons…

– C'est quoi, la neige ? demande brusquement Johanna.

Joseph regarde le soir qui commence à manger le paysage ainsi que la danse des crabes, sur la plage. L'un d'entre eux le fixe de ses yeux globuleux, hésitant à sortir de son trou. Quand il se sent un peu plus en sécurité, il expulse le plus vite possible quelques pincées de sable, s'éloigne de vingt centimètres pour rentrer aussitôt à vive allure. Puis, il sort de nouveau un de ses yeux tout ronds et recommence inlassablement son manège.

– La neige, c'est cette pou… pou… ssière blanche et froide que tu peux voir

tout en haut du Ki… Ki… limandjaro, répond-il.

Johanna pense alors très fort à cette montagne qu'il n'a vue qu'une seule fois, dans le parc national de Tsavo.

– Ah oui, fait-il en rêvant, je vois. C'est beau… !

– C'est be… beau, mais c'… c'est froid, commente Joseph en éternuant.

Il s'aperçoit alors qu'il n'y a plus qu'eux deux sur la plage. Les autres enfants sont partis, certains connaissant déjà la fin de l'histoire du sorcier fou.

– J'aimerais bien retourner dans le parc pour voir la montagne, soupire Johanna.

– Un jour, peut… peut-être, répond Joseph, mais pour l'instant, tu… tu ne crois p… pas qu'il est l'heure pou… pour toi de rentrer à la maison. I… Il se fait tard !

– Non, réplique Johanna, personne ne m'attend.

Alors Joseph allume un cigare, chasse machinalement la fumée, et continue de raconter sans oser demander pourquoi personne n'attend ce bout de liane noire, trop grand pour son âge, mais si attendrissant…

Chapitre 3

YONAHH

« … Je vous rappelle que, demain soir, au Parc des Princes, aura lieu, comme chaque année, le grand tournoi de football de Noël. S'opposeront notamment, à cette occasion, l'équipe de France et la célèbre « Squadra Azzura ». La recette de la soirée sera reversée intégralement au profit de l'UNICEF.

Alors, si vous aimez le foot, et si vous voulez faire une bonne action, rendez-vous demain soir, à vingt heures, pour crier avec nous : « Allez les bleus ! »

Mais pour l'instant, retrouvons les invités de Philippe Bouv… »

– Sûr qu'il va y avoir du monde ! dit un homme d'une cinquantaine d'années, au teint blafard, les yeux et le nez injectés de sang, un béret vissé sur la tête.

Pour la première fois, Yonahh, accoudé au comptoir devant un verre empli d'une boisson blanche qui était loin d'être désagréable, jeta un regard au poste à transistor posé près du bar, puis dévisagea son voisin. « Peut-être un sportif, » pensa-t-il...

– Ah bon, vous croyez? fit l'helluard poliment.

– Pour sûr, y'aura du monde! répéta le semblant d'homme. Au moins cinquante mille...

Ce terrien commençait à l'intéresser.

– Et aussi des personnalités?

– Oh oui! Les plus grands joueurs, avec MARATINI en tête, commenta le pseudo-sportif... Et tiens, justement, je reprendrais bien un petit ballon, fit-il en rigolant.

Après un signe de Yonahh, le serveur leur remit la même chose en laissant les bouteilles devant eux.

C'était peut-être pour Yonahh l'occasion rêvée de s'approcher de personnages importants et de leur prélever un peu d'hémo globine. Ces footballeurs semblaient tenir

une place importante dans la société terrienne. On les voyait partout : à la télé bien sûr, mais aussi en poster dans les villes, jusque sur les boîtes d'allumettes qui traînaient sur le zinc…

Mais, pour le moment, l'helluard avait besoin d'en savoir davantage.

– Qui est ce Maratini? demanda-t-il.

L'autre faillit s'étrangler. Il regarda autour de lui comme pour chercher de l'aide. Mais ils étaient seuls dans ce bistrot de banlieue : le patron avait regagné sa cuisine et le serveur lisait le journal à l'autre bout du comptoir.

Il décida d'écluser son rouge et se resservit; cela lui permit de rassembler le peu d'esprit qui lui restait encore avant de questionner l'helluard, à son tour :

– D'où tu sors, toi? T'étais en prison?

Yonahh eut la certitude d'avoir commis une gaffe. Il se rattrapa du mieux qu'il put :

– J'étais en vacances!

– Sur une île déserte alors, et depuis un sacré bout de temps! répondit le bonhomme. Ouais! Même un gamin de six ans pourrait te dire que Maratini c'est le meilleur « numéro dix » au monde...

« Le meilleur au monde », ces mots résonnaient agréablement aux oreilles de l'extraterrestre.

– Comment fait-on pour le voir? poursuivit-il.

– En allant au match demain soir, répondit l'ivrogne de plus en plus surpris.

Tiens, tu me plais bien, toi! On ne boit pas dans le même verre et pourtant ton nez est presque aussi bleu que le mien... (« C'est l'heure de la capsule de Dermcolor, pensa Yonahh. »)

... Si tu veux, j'essaierai de te trouver un billet d'entrée!

– Ce serait avec... hic!... plaisir, fit le jeune helluard pour qui le lait ne valait rien de bon.

En fait, l'extraterrestre devint rapidement presque aussi ivre que son copain, le sportif. Après cinq verres, Yonahh se sentait d'humeur gaie et prolixe. Il se fit un devoir de lui faire part de sa mission sur terre, ne lui épargnant, entre deux gorgées, aucun détail.

Enfin, il déposa un billet sur le comptoir, se remit sur pieds péniblement, remercia le bonhomme qui lui avait servi d'auditoire, puis sortit en titubant.

Au même moment, le patron regagnait sa place. Il essuya un verre et, tout à coup, se mit à courir jusqu'à la porte. Mais, trop tard : son client s'était comme volatilisé.

– Mince, fit-il. Cinq cents francs pour huit rouges et un litre de lait... Vous parlez d'un pourboire!

– Ouais! acquiesça l'ivrogne. Un drôle de type! Et j'peux t'dire qu'il en tenait une bonne! Il racontait d'ces trucs...

Puis il ajouta :

– Cinq cents balles? Tu n'as plus qu'à payer ta tournée, maintenant!

Le coup de sifflet venait d'être donné. Les deux équipes étaient en place sur le terrain; Yonahh également.

Son invisibilité ne durerait pas quatre-vingt-dix minutes, il le savait bien. Il lui fallait donc faire vite.

Il avait tout de suite repéré le fameux Maratini et, lors de la présentation des joueurs à la foule, avait sorti sa seringue mais n'avait pu le piquer, trop serré qu'il était entre les numéros trois et cinq.

À présent, au contraire de tous, Yonahh était le seul à courir non pas après un ballon, mais après un joueur.

De fait, Maratini méritait sa popularité : il se révélait être insaisissable. Quand Yonahh réussissait à l'approcher, il partait comme une fusée en sens inverse ; et quand il ne partait pas, il faisait, avec les bras, de grands gestes pour « appeler » le ballon.

Parfois, l'helluard parvenait à planter l'aiguille dans une cuisse ou une fesse. Mais pour ce qui était d'aspirer un peu de sang…

Jusqu'à cette faute à la quinzième minute.

Un méchant coup de pied de l'arrière central de l'équipe adverse avait contraint l'international à se faire soigner sur le banc de touche. L'arrière avait en toute logique écopé d'un avertissement.

C'est au cours de cette interruption de jeu que Yonahh se rendit compte qu'il était en train de se tromper.

Ce n'étaient pas les joueurs eux-mêmes les plus importants sur la pelouse, mais bien celui qui orchestrait, fixait les règles, faisait respecter l'ordre en punissant parfois : l'Homme en Noir.

De plus, celui-là bougeait moins que les autres ; il serait certainement plus facile de lui soutirer un peu de sang.

Pourtant, vingt minutes passèrent encore et Yonahh, qui avait été bien involontairement l'auteur du seul but marqué de cette première mi-temps – en détournant de son dos un tir raté des Italiens – commençait sérieusement à regretter de ne pas avoir choisi les poubelles. Au moins ça, c'était statique…

À 1-0, tout était encore possible pour les Français. Pour Yonahh, cela devenait critique. Son invisibilité contrôlée ne devait guère dépasser les quarante minutes, au terme desquelles il risquait de gros ennuis de santé.

Certes, l'helluard avait pu prélever sans mal quelques centilitres sur les deux juges de touche, mais le plus dur restait à faire.

Monsieur Smurtz marchait tranquillement dans le rond central, quand une violente douleur au foie l'obligea à s'agenouiller, et pour finir à s'allonger.

Il aurait juré qu'on venait de lui donner un coup de poing dans le ventre. Pourtant, il n'y avait personne à moins de cinq mètres de lui, et le ballon venait de quitter l'aire de jeu.

« C'est la choucroute », pensa-t-il.

Il savait pertinemment que ce n'était pas bon pour lui de manger avant un match et, malgré cela, persistait à ne pas arbitrer à jeun. Pour se donner bonne conscience, il prétendait ne pas pouvoir être lucide – et donc impartial – le ventre vide.

Mais là, ça avait fait mal. Très mal même. Si mal qu'il n'avait pas remarqué, lors de la bousculade des soigneurs venus à son secours, qu'une goutte de sang perlait juste au-dessus de sa chaussette, là où commence le mollet.

Après une évacuation en civière, les premiers soins d'urgence et un bilan de santé tout à fait rassurant, monsieur Smurtz quitta le stade et rentra chez lui en jurant qu'il ne dînerait plus jamais avant une rencontre. Même amicale...

Chapitre 4

Kronx

Depuis maintenant deux jours, Kronx était à la recherche du LIVRE.

On lui avait bien spécifié, dans ses instructions, que ce n'était pas un livre ordinaire. D'ailleurs, sur Helluard, il n'en existait pratiquement plus d'équivalent. Sur ordre de « l'Autorité Supérieure », on les avait brûlés. Le genre même était totalement inconnu des plus jeunes générations. Il ne s'agissait ni d'un ouvrage scientifique, ni d'une banque de données, et encore moins d'un traité de ✳)❑❍)▼❒✻❄ spatiale.

Le « A » exigeait un livre poétique, un de ces ouvrages qui, se rappelait Kronx, ornaient les rayonnages de la bibliothèque de ses grands-parents. Il se demanda comment faire pour trouver quelque chose quand on n'a plus souvenir de ce que l'on cherche.

Il était simplement écrit, à la fin du rapport :

⑧ ✱◆❁■❄ ▼◆ ●❅ ❖❅❒❒❁▲✌ ▼◆
▲❁◆❒❁▲⑩ ⑨

« Quand tu le verras, tu sauras... »

Avouez que c'était un peu mince pour orienter ses recherches !

Alors, pendant deux jours entiers, il avait cherché. Dans les librairies bien sûr, dans les grands magasins également, et il était même allé le long des quais pour chiner chez les bouquinistes.

Des poèmes et des contes, pour cette mission, il en avait mémorisé des centaines, des milliers sans doute puisque aussi bien, il lui suffisait de feuilleter pour connaître. Il en avait vu, lu, et revu et relu : il ne savait toujours pas...

Même si, à présent, il commençait à avoir une idée plus précise de ce qu'était la poésie, il devait également avouer qu'il n'avait pas encore trouvé LE LIVRE.

Le dernier soir pourtant, alors qu'il flânait le long de la Seine, il entendit quelqu'un déclamer des vers. Cela venait d'un banc. Il décida de s'en approcher. Le poème disait à peu près ceci :

« Alexandre a vu grand
Et il est mort.
Bonaparte a vu grand
Et il est mort.
Colomb a vu grand
Et il est mort.
Einstein a vu grand
Et il est mort.
... Kennedy, Lénine, Mozart ont vu grand
Ils sont tous morts.
Mais « Dieu est vivant ! »
Il n'a pas vu grand... ?

– Je ne connais pas tous ces gens, mais c'est joli ! dit Kronx.

Le vieil homme qui récitait le dévisagea un court instant avant de répondre fièrement :

– Tu trouves, mon petit? Eh bien, c'est de moi.

Kronx, à son tour, regarda longuement ce drôle de vieillard qui, en plein Paris, à onze heures du soir, parlait tout seul debout sur un banc.

Il devait bien avoir cent ans, tant sa peau était ridée. Deux petits yeux malicieux éclairaient un visage émacié dont le menton disparaissait sous une barbe poivre et sel. Il avait la voix rauque et saccadée de ceux qui dorment dehors.

– Vous êtes un sans-logis? demanda Kronx qui en avait croisé pas mal en quarante-huit heures.

– Ah non, mon petit, moi je suis un clochard, un pur, un vrai, lui répondit le vieux en descendant dans la neige.

– Mais, c'est la même chose, dit l'extraterrestre.

– Non, petit! ça n'a rien à voir. Moi, vois-tu, j'ai choisi. Et, ajouta-t-il, de nos jours, choisir est un luxe, un vrai luxe.

– Oui, fit Kronx, je comprends. D'où je viens, nous n'avons jamais le choix.

Sa réponse intrigua le clochard, qui continua :

– Et je présume que tu viens de loin?

Tu m'as l'air différent des autres. Différent de tous ceux qui passent, qui regardent sans voir, qui entendent sans écouter.

Kronx sentit monter en lui une terrible envie de se confier. Il fixa le vieux, et par la force de son unique pensée lui dit :

« Je viens de par-delà les étoiles, d'une autre galaxie située, disons, juste derrière la vôtre. »

– J'en étais sûr, se mit à crier le bonhomme. Je ne sais pas pourquoi, mais j'en étais sûr ! Il fallait que ça tombe sur moi !

– Doucement ! supplia l'helluard. Personne ne doit savoir que nous sommes là.

Le clochard était dans tous ses états.

– Parce que vous êtes nombreux ?

– Non, pas vraiment ! Trois pour être précis...

– Merci, mon Dieu ! Maintenant je peux mourir, délira le vieux poète. Et comment se nomme votre planète ?

– Helluard ! dit Kronx.

– Homard, répéta le vieux un peu sourd. Génial !

L'extraterrestre s'en voulait à présent d'avoir divulgué son secret. Mais quelque chose lui disait que ce vieil homme n'était pas le premier venu.

Alors, ils se mirent à bavarder comme deux amis qui se connaissent de longue date. L'un racontait la Terre et ses joies et ses misères, l'autre sa planète avec ses manques et son système politique despotique.

Et puis, dans la conversation, le vieux demanda :

– Tu as des enfants?

Kronx se raidit.

Quand Wwrang lui avait parlé de ces malheureux gamins qu'on envoyait, pour expériences, dans les confins de l'Univers, il avait déjà ressenti le même malaise.

Il se livra pourtant au clochard, toujours suivant son instinct :

– J'ai eu un fils. À la naissance, il était différent des autres enfants d'Helluard. Ce n'était pas vraiment un handicap : il avait des cheveux. Oh, ce n'était gênant ni pour moi, ni pour mon épouse, et pas davantage pour lui-même. Pourtant, au début, nous avions essayé malgré tout de les faire disparaître par la médecine, puis par la chirurgie. Mais, après chaque nouvelle tentative, ils repoussaient de plus belle, encore plus drus, encore plus blonds. Si bien que nous avions fini par nous habituer et que tout le monde l'acceptait tel qu'il était.

Mais un jour, par ordre du Chef Suprême, on nous enleva notre enfant. « Pour parfaire son éducation » nous avait-on dit à l'époque. En fait, j'appris plus tard qu'il avait été « placé » dans un centre top secret, sur une petite planète voisine de la nôtre, afin d'être examiné par quelques-uns de nos soi-disant scientifiques. Ce petit garçon aux poils jaunes les intriguait.

– Nous... ne l'avons jamais revu, fit Kronx en essayant de déglutir. Et ma femme en est morte de chagrin...

– Je comprends ta peine, dit amicalement le vieux. Ce doit être tout récent.

– Vous vous trompez, reprit Kronx. Pour vous, il y aurait une quarantaine d'années terrestres de cela.

– Mais quel âge as-tu donc? questionna le vieux poète.

Kronx esquissa un sourire :

– Je pense avoir au moins le double de votre âge.

– Alors, fit l'autre, j'arrête de t'appeler

« mon petit ». Puis il continua :

– De toute façon, quarante ans ou deux jours, cela ne change rien : la peine et le chagrin ne vieillissent pas...

– « Il a raison », pensa l'helluard, le chagrin n'a vraiment pas d'âge.

C'est sans doute pour cela qu'il avait été volontaire quand il avait fallu risquer sa vie dans les trous noirs.

Il l'avait pensé si fort que le vieux avait entendu. Après un silence qui leur parut interminable, le clochard posa la question qui lui brûlait les lèvres depuis un bon moment :

– Qu'est-ce qui vous amène par chez nous?

Kronx lui dévoila l'objet de sa quête et, quand il arriva au chapitre du LIVRE, le vieux l'arrêta net.

– Alors là, mon pe... mon vieux, tu ne pouvais pas mieux tomber, dit-il.

Et il sortit de dessous son banc un gros carton.

– Des bouquins de poésie, j'en ai un paquet!

Kronx se mit à feuilleter très vite,

comme à son habitude, et aussi à fouiller dans le carton. Des livres, il y en avait des dizaines, et de toutes sortes. Il vit en furetant qu'un auteur portait même le nom de sa planète. Il chercha ainsi jusqu'à la découverte finale.

Kronx tenait le livre devant ses yeux, incrédule.

« *Quand tu le verras, tu sauras!* »

Il savait.

Le vieux jeta un coup d'œil par-dessus son épaule.

– C'est celui-là, ce ne peut être que celui-là, dit Kronx, celui avec les dessins du petit garçon et de sa planète envahie de baobabs. C'est LE LIVRE que je recherchais. Il le relut en quelques secondes et, visiblement ému, ajouta :

– Je hais les serpents!

Puis, comme par magie, il fit apparaître à ses pieds une valise noire dont la poignée brillait à la lueur du réverbère.

– Je vous l'achète, dit Kronx. Il y a là-dedans de quoi vous payer la moitié de la ville; vous n'aurez plus jamais faim, ni froid; vous pourrez faire éditer tout ce que vous avez écrit. Je suis sûr que vous deviendrez très vite célèbre.

Je prends LE LIVRE et la valise est à vous. Vous vous rendez compte de tout ce que vous allez pouvoir...

– Je ne veux pas devenir célèbre, l'arrêta le vieux. Et qu'est-ce que je ferais de la moitié de cette ville sinistre? Je suis désolé mais mes livres ont tous une histoire et ne sont pas à vendre.

Il avait dit cela d'un ton qui ne supportait pas la discussion.

Kronx s'était levé un peu triste. Il avait remis soigneusement le livre dans le carton. Un moment, il avait pensé employer la force ou l'hypnose, mais avait renoncé aussitôt : ce terrien lui était si sympathique...

Il s'en allait en poussant du pied la neige devant lui quand le vieux le héla :

– Eh! mon gars, j'ai dit que je ne vendais pas mes livres, mais je peux les donner!

Kronx s'approcha avec, dans le cœur et le crâne, de drôles d'émotions qui se mélangeaient quand le vieux lui remit le livre pour la seconde fois en lui disant ces deux mots : « Bonne chance! »

Il s'en saisit et ne put à son tour qu'articuler : ⑧ ★❄❒✱❇✂ ⑨

Chapitre 5

JOSEPH

Kronx et son jeune équipier se retrouvèrent, comme convenu, à l'angle des rues ✪✎✍✦❄❒❒❚ et ✦✎✍✦❁◆❒❄, non loin du quartier où officiait Wwrang.

En effet, aux environs d'une heure du matin, Yonahh avait reçu un message télépathique de son chef lui indiquant qu'il avait enfin trouvé ce qu'il cherchait. Comme, de son côté, le jeune helluard avait en poche les échantillons depuis plus d'une journée et qu'il n'en finissait pas de fréquenter les bistrots parisiens pour les vider du peu de lait qu'ils contenaient, ils avaient décidé de ce rendez-vous afin d'aider Wwrang dans sa récolte. Mais, à leur grande stupeur, Wwrang n'avait vraiment besoin d'aucune aide…

Quand ils l'aperçurent, il se tenait debout sur une de ces grandes poubelles à roulettes et semblait donner des ordres tel un général à une armée.

Ses soldats étaient, de fait, des hommes et des femmes aux uniformes impeccables. Les messieurs portaient tous smoking, chemise blanche, cravate ou nœud papillon. Quant aux dames, elles rivalisaient d'élégance : ce n'étaient que robes du soir scintillantes, fourreaux ou ensembles du dernier chic. Elles allaient et venaient, la gorge décolletée, en petits escarpins, sans se soucier nullement de la neige qui s'y collait ou du froid ambiant.

Kronx comprit immédiatement : « Hypnose collective ! »

Yonahh ne put s'empêcher de rire en voyant ce défilé incessant de « réveillonneurs » qui avaient dû abandonner un temps fruits de mer, chapons, bûches et champagne, pour venir bien malgré eux au secours de Wwrang.

– De toute manière, commença-t-il à se défendre, demain ils n'auront plus souvenir de rien.

– Comment est-ce que l'ordinateur a pu te laisser faire une chose pareille? questionna le chef helluard.

Ce fut Yonahh qui répondit pour lui :

– Il a dû se déconnecter; c'est simple!

Wwrang sauta de son trône très provisoire – puisque deux grand-mères en vison s'en étaient fébrilement emparé et commençaient à le pousser en direction d'une cabine téléphonique – et rétorqua :

– Seul, je n'y serais jamais arrivé... Et puis, regarde-les, ils ont tout à fait l'air de s'amuser. Pour certains, je suis persuadé qu'ils sont mieux là que devant leur assiette à attendre la fin des programmes TV.

Au moins, conclut-il avec assurance, ici ils font de l'exercice...

Kronx était fatigué et n'avait vraiment pas envie de polémiquer avec lui. Il ne sut que répliquer :

– Libère ces pauvres gens, et rentrons au vaisseau; j'ai hâte de repartir.

Mais Wwrang n'eut pas le temps de répondre; il fit simplement : « Tiens, je crois que nous avons de la visite! »

Johanna regarde maintenant scintiller la Croix du Sud. Tout est calme autour d'eux. Seul le clapotis des vagues vient déranger régulièrement la tranquillité des étoiles. Il savoure un instant ce silence et demande :

– C'était toi, la visite?

– J'a... j'avais remarqué, continue Joseph en faisant un clin d'œil à Johanna, qu'... qu'il se passait des choses étranges dans mon qua... quartier et, maintenant que je me trouvais à la hau... hauteur des helluards, je ne... ne savais vraiment plus quoi penser :
Que ff... faites-vous? Et que ffo... font tous ces gens, présentement, avec MES... MES... poubelles? demandai-je d'une voix mal assurée.

Kronx ne voulant user ni de la force, ni de l'invisibilité, et encore moins de l'hypnose, se décida simplement à m'expliquer :

– Ce n'est rien! Ces personnes ne font que nous aider à collecter des ordures.

– Peut-être, repris-je en in... insistant, et en toussant, mais ça c'est... c'est... MON métier.

– Eh bien, comme cela, vous serez momentanément en vacances...

Dans tout ce blanc, un g... grand bonhomme noir comme moi, habillé d'orange et gesticulant, toussant, po... stillonnant, ne pouvait passer inaperçu. Je criai à présent :

– Non, non, non! Ce serait trop facile! Si tout le monde faisait co... comme vous, qu'est-ce que je deviendrais, moi? Je n'aurais plus qu'à... qu'à rentrer à Mwapata. Je vous répète que... que c'est mon travail...!

Je commençais à m'é... nerver, menaçant d'alerter la police. Au bout d'un moment, le plus jeune me propo... posa une valise (Kronx l'avait complètement oubliée).

– Je vous les achète, fit-il en l'ouvrant sous mon nez.

Les pierres précieuses, dans la m... main de Kronx, malgré la pénombre, rutilaient de tout leur éclat et donnaient aux petits flocons qui s'étaient mis à vo... voleter autour des allures de confettis multico... lores.

Je n'en croyais pas mes yeux :

– Elles sont v... vraies?

– Bien sûr! me dit Wwrang.

– Pourquoi ne le seraient-elles pas?

ajouta Yonahh.

– Je me méfie, répondis-je. D'abord, je... je... n'aime pas vos têtes. Elles sont... bl... bleues!

– C'est le froid! expliqua Wwrang.

– Non, insistai-je. C'est au... autre chose, c'est pas un bleu no... normal... Kronx, qui commençait à s'impatienter, me coupa net :

– Et alors, récita-t-il avec emphase, vous ne le savez donc pas, la Terre aussi est bleue :

« Bleue comme une orange! »

Les deux au... tres le regardèrent, se demandant s'il ne devenait pas f... fou et où il était allé chercher une phrase pareille.

Je me mis à examiner les pierres puis, qu... quelques minutes après, décidai :

– J'aurais pré... préféré du liquide!

– C'est-à-dire?

– De l'argent! Des bi... billets de banque.

Kronx, voyant très nettement la peau de ses collègues pa... passer au plus beau bleu profond, prit la décision qui s'impo... posait :

– Pour cela, dit-il en me fixant, vous

devrez nous accompagner jusqu'au vaisseau. Venez!

– Jusqu'au... qu'au quoi?

– Jusqu'à la maison, rectifia Yonahh en lui ta... tapant sur l'épaule. En route! fit-il en rigolant.

Pendant ce temps, Wwrang s'était mis à f... faire de grands gestes en criant :

– S'il vous plaît! Mesdames et messieurs! Je vous demande toute votre attention! Regardez-moi bien dans les yeux! S'il vous plaît...!

– Comment es-tu arrivé en France? demande Johanna en se tortillant.

– Oh, ça! dit Joseph, c'est une au... autre histoire. Mais je veux bien t'expliquer en deux mots.

Deux mots, dans la bouche de Joseph, cela pouvait prendre beaucoup de temps. Mais, étrangement, monsieur Oumdéwana, à l'inverse des autres bègues, lorsque quelque chose le troublait, retrouvait une élocution aisée : par exemple, quand il s'agissait de raconter son passé. À croire que l'émotion lui permettait de trouver plus facilement ses mots. Peut-être était-ce que, dans ces instants, il parlait avec son cœur.

– À ton âge, commence-t-il, j'étais seul, un peu comme toi. J'étais le dernier enfant d'une famille de quinze et mes parents m'avaient abandonné. Très vite, il a fallu que je me débrouille ; et très tôt j'ai su quelles poches fouiller pour y trouver l'argent d'un repas. Bien sûr, c'était du vol, mais encore aujourd'hui, si je n'en suis pas fier, je dois dire que je n'en ai pas honte non plus. Il fallait bien survivre !

Plus tard, j'ai organisé des courses de bernard-l'hermite dans lesquelles les gens pariaient, vendu des safaris aux touristes, échangé des statues en faux ébène contre des baskets... Ensuite, j'ai quitté le Kenya pour voir le monde. J'ai charmé des serpents sur la place Djemáa-el-Fna de Marrakech, j'ai vendu des tapis en Turquie, loué des vélos en Grèce... Finalement, un beau matin, un bateau m'a déposé en France, à Marseille. Là, mes nouvelles acti-

vités ont bien failli m'envoyer en prison... Jusqu'au jour où je me suis retrouvé éboueur à Paris !

C'est bizarre, continue Joseph, des êtres j'en ai connu des centaines et j'ai dû croiser des millions de regards dans ma vie. Des peaux, j'en ai vu de toutes les couleurs : des pâles, des hâlées, des brunes, des claires, des sombres, même des rouges, mais je peux t'affirmer que ces trois-là étaient bleues. Et pas bleues comme celles des Touaregs ; non, d'un beau bleu intense et profond comme celui d'un ciel d'été, le soir...

– Ce doit être joli ! remarque Johanna.

– C'est surtout inquiétant, crois-moi. Mais, tu me fais perdre le fil de mon récit, dit Joseph en lui faisant les gros yeux :

... Donc, Kronx, Wwrang et Yonahh m'emmenèrent dans leur maison. Si on peut appeler ça une maison : ce n'étaient que couloirs interminables, ascenseurs super soniques et salles immenses remplies d'ordinateurs. L'une d'entre elles, sans doute la plus vaste, ne contenait que des ordures, des tonnes et des tonnes d'ordures, et, le plus drôle, c'est qu'elles avaient été soigneusement triées, classées et rangées. On y trouvait des boîtes de conserve dans un grand bac, et, dans un autre, des bouteilles vides. Un peu plus loin se dressait un immense tas d'épluchures à côté d'une véritable montagne de restes de nourriture. Le tout sans odeur. C'était un de leurs fameux tours de passe-passe : un dépotoir inodore. Autre bizarrerie : comment autant de pièces pouvaient tenir dans une maison si petite vue de l'extérieur?

En tout cas, je n'étais pas au bout de mes surprises. Nous arrivâmes tous les quatre dans une autre salle, plus petite, mais équipée d'appareils étranges et lumineux, sortes de pupitres pourvus d'une quantité de boutons. Je me souviens également d'un écran géant qui occupait tout un mur. Là, on me fit asseoir.

Ensuite, et avant de nous quitter, Wwrang a dit quelque chose à Kronx. Mais pas des mots, des sons aigus plutôt. Puis, l'autre lui a donné une sorte de pilule et une feuille couverte de dessins, et Wwrang est sorti en arrachant sa barbe...

Après cela, les deux helluards se sont activés autour d'une machine ressemblant à une imprimante et, quelques réglages plus tard, je vis des billets de banque en sortir comme s'il en pleuvait : des dollars, des livres, des yens, des francs; il y avait même déjà des euros... Et pas de la fausse monnaie, Johanna! De vrais billets! (Ses yeux brillaient à l'évocation de ce souvenir.) Si je ne leur avais pas dit d'arrêter la machine, je suis sûr qu'il en pleuvrait encore...

À cet instant, je n'avais plus qu'une hâte : prendre la valise et mes jambes à mon cou. Pourtant, je les remerciai le plus poliment du monde; après tout, c'était la moindre des choses. Puis, quand Kronx quitta la pièce à son tour, me laissant seul avec Yonahh, je compris que cette aventure n'était pas encore tout à fait terminée pour moi.

Le plus jeune des trois extraterrestres tenait à la main un objet qui ressemblait à un casque de moto auquel on aurait ajouté deux antennes et une espèce de magnétophone. Cela ne me disait rien de bon, d'autant plus qu'il s'approchait d'un air menaçant :

– Mets ça, me dit-il!

J'ai obéi et très vite compris qu'il s'agissait d'un lavage de cerveau pour me faire oublier tout ce que j'avais pu voir à bord du vaisseau. Heureusement, Yonahh connaissait très mal le fonctionnement du casque, si bien que, vingt minutes plus tard, non seulement je me souvenais encore de tout mais, de plus, j'avais emmagasiné bon nombre de connaissances à propos d'Helluard, et de la Terre aussi.

C'est grâce à cet engin qu'aujourd'hui je peux te raconter aussi précisément l'histoire de ces éboueurs du ciel. C'est encore grâce à lui si je sais lire, parler toutes les langues, et si je peux guérir les malades qui viennent me voir à Mwapata, ou encore prédire l'avenir... et le temps qu'il fera la semaine prochaine.

– Mince ! s'exclame Johanna avec regret, si seulement j'avais ce casque, rien que cinq minutes.

Joseph est secoué d'un bon rire avant de répondre plus sérieusement en approchant son visage de celui de l'enfant :

– Un jour peut-être, qui sait ?

Chapitre 6

LE DÉPART

La première chose que fit Kronx, une fois ce terrien indésirable reparti avec sa valise, fut de taper son rapport :

<u>Carnet de bord</u>
■❑▼❄▲ ⊸X ✥✥

L'opération est une totale réussite : Wwrang a pu collecter la quantité d'ordures nécessaire, Yonahh a déjà commencé certaines analyses et j'ai LE LIVRE en poche.

Mais, à peine eut-il terminé d'écrire ces quelques lignes, que l'écran 3D s'illumina :

– Chef « I »? dit-il, un mauvais branchement sans aucun doute, c'est le chef « F », il me semble, le responsable de ma mission.

C'est lui qui d'habitude...

– Il n'y a pas de mal, Kronx!

(Tiens! on n'épelait plus les noms des subordonnés à présent??)

En fait, c'est moi qui vous avais oublié, avoua le chef.

– Oublié?

– Oui! Mais il faut vous dire que j'ai tellement de travail en ce moment... Je suis le nouveau « F » à présent.

– Toutes mes félicitations! mentit Kronx. Et qu'est devenu l'ancien?

– Il est « A ».

– « A ? » Ah!

– Je comprends votre surprise, fit l'ancien « I » en souriant. Depuis votre départ, voyez-vous, il y a eu pas mal de changements ici. Disons que le chef « A » avait plus d'ennemis qu'il ne le croyait...

– L'ancien « F »?

– Mais non, voyons, l'ancien « A »! L'ancien « F » est désormais le nouveau « A ». Et l'ancien « A » n'est plus rien. Vous me faites perdre mon temps, K.r.o... Excusez-moi, Kronx! Vous y verrez plus clair quand vous rentrerez sur Helluard.

J'ai déjà donné des ordres pour que l'ordinateur vous réapprovisionne en carburant.

– Mais, insista Kronx, et la marchandise?

– Quelle marchandise?

– Ce pourquoi nous sommes venus sur Terre : les ordures, le sang, LE LIVRE, tout, quoi!

– Je vous répète que c'est fini, les choses ont changé : finies les prospections hasardeuses, les grandes théories simplistes. À partir d'aujourd'hui, nous voulons travailler sur du solide, du concret.

Le nouveau « F » réfléchit un instant avant de trancher :

– Le mieux, à mon avis, serait de tout remettre en place. Je vais en avertir le nouveau Suprême.

– Mais c'est impossible! s'emporta Kronx...

– Alors désintégrez, mon vieux, désintégrez... Allez, salut! À bientôt chez nous...

L'écran s'éteignit.

Carnet de bord

■❑▼❄▲ ⊶✖ ✣✦

... Nous avons suivi scrupuleusement les nouvelles instructions de nos nouveaux chefs. Wwrang a désintégré la totalité des ordures, en bougonnant au début puis, bizarrement, il a semblé y trouver du plaisir, traquant le plus petit morceau de papier, la moindre poussière. Le sas 19 est entièrement nettoyé, d'une propreté irréprochable.

Yonahh refuse toujours de se raser la tête et tient absolument à rentrer avec des cheveux et une barbe pour impressionner ses copains.

Voilà! se dit Kronx après en avoir fini avec son dernier rapport, tout est prêt maintenant.

Il regardait le voyant rouge, celui qui active la mise en route des propulseurs. Il pensa à ces trois journées terrestres, à cette rencontre d'un drôle de type qui lui avait fait redécouvrir la poésie, aux bouleversements qui les attendaient sur Helluard.

Il pensa également avec beaucoup d'émotion à sa femme, à son fils...

Tout en se levant, il déposa soigneusement LE LIVRE sur le pupitre de commandes et, avant d'aller se coucher avec ses deux camarades dans le sas de survie, posa son index sur le voyant.

Comme à l'arrivée, la maison-vaisseau se transforma dans un doux ronflement : les murs redevinrent parois, les croisées hublots, la porte d'entrée portronique et la cheminée périscope.

Sous la poussée, LE LIVRE ouvert frémit un instant et une immense clarté envahit la pièce ; son titre ainsi que l'image d'un gamin à la chevelure blonde et drue bordée d'une écharpe verte se projeta sur la paroi blanche opposée :

✪❄ ⑧ ✰❄▼❇▼ ❐❐❇■❃❄ ⑨ ❐❄■▼❐❁❇▼ ❃❈❄▌ ●◆❇⑩

Le « Petit prince » rentrait chez lui…

– Et tu ferais bien d'en faire au… autant, dit Joseph à Johanna qui bâillait.

– Déjà ? réplique le gamin.

– Co… comment déjà ? Il fait presque nuit ! Tes parents doivent être inquiets ! Et puis, mon histoire est ter… minée.

– Pas tout à fait ! lui fait remarquer Johanna en se redressant.

– Il n'y a plus gr... grand-chose à dire. J'ai regardé le vaisseau s'élever dans le ciel puis j'ai cou... couru dans la forêt pendant de longues heures et je suis rentré à Paris en... en stop. J'avais fait le voyage aller par té... léportation, je faisais le voyage retour par ca... camion-citerne. Le lendemain, j'a... chetai un billet d'avion.

Joseph se gratte la tête avant de questionner :

– Tu as bien des parents ?

– Je t'ai déjà dit que je n'avais personne, lui répond tristement Johanna.

Joseph relève sa grande carcasse et passe une main dans les cheveux du garçon :

– Tu... tu sais, fait-il doucement, tout ce que je t'ai raconté est vrai. Depuis cette a... aventure, je suis certainement l'homme le... le plus riche d'Afrique. J'ai u... une immense villa pas très loin avec d'innombrables chambres. A... alors, si tu veux, tu peux dormir chez... chez moi. Pa... parce qu'en fait, je suis aussi seul que... que

je suis riche... Peut-être que j'ai trop appris po... pour partager?

– D'accord! dit simplement le gamin. Mais tu as une preuve de ce que tu dis avoir vu? Tu sais, je n'aime pas le mensonge...

– Le men... songe! s'étrangle Joseph. U... une preuve? Bien sûr que j'... j'en... ai... une!

Il sort d'une de ses poches une pile électrique. Et, de l'autre, deux feuillets froissés dont il ne se sépare jamais.

– Re... regarde! dit-il. Je les ai chipés juste avant de quitter le vaisseau.

Après un court moment, et avant de le coucher dans la soie, Joseph prend doucement la main de l'enfant qui tente de déchiffrer tant bien que mal, à la lumière d'une faible lampe, une poésie venue du ciel :

✥▼ ❐❑◆❏❑◆❑❉ ❐❁▲✞
✥▼ ❐❑◆❏❑◆❑❉ ❐❁▲ ●❄ ❊❉❄●✞
✥▼ ❐❑◆❏❑◆❑❉ ❐❁▲ ❏❑◆❐ ❍❑❉✞
✰❑◆❏❑◆❑❉ ❐❁▲ ●❄ ▲❑●❄❉●✞
✤❉▼❄▲✍❍❑❉ ◆■ ❐❄◆ ❐❑◆❏❑◆❑❉
✧❒❉❍❒❄❐ ❨ ◆■❄ ❩❊✻❄●●❄

✯◆ ❍❑■▼❉❒ ▲◆❒ ◆■ ▼❑❋▼✝
✣❁❒ ❒❑◆❒❒◆❑❋ ❒❁▲ ●❉ ❋❋❉●
✳❋ ●❉ ❋❋❉● ❉▲▼ ❉■ ❂❁▲✝

FIN

Petit glossaire pour bien parler le belluard

a	b	c	d	e	f	g	h	i	j	k	l
❁	❂	❃	❄	❅	❆	❇	❈	❉	❊	❋	●

m	n	o	p	q	r	s	t	u	v	w	x
❍	■	❏	❐	❑	❒	▲	▼	◆	❖	◗	❘

y	z	é	à	â	«	»	?	!	,	.	...
❙	❚	❩	❰	❱	⑧	⑨	✟	✁	✌	✎	⑩

A	B	C	D	E	F	G	H	I	J	K	L
✡	✢	✣	✤	✥	✦	✧	★	✩	✪	✫	✬

M	N	O	P	R	Q	S	T	U	V	W	X
✭	✮	✯	✰	✲	✱	✳	✴	✵	✶	✷	✸

Y	Z	1	2	3	4	5	6	7	8	9	0
✹	✺	✑	✒	✓	✔	✕	✖	✗	✘	✙	✐

-
✍

Niveau 1

Bêtes à rire
S. Boëche, R. Delpeuch et Ch. Louis

Histoires de Dragons
Régis Delpeuch

Histoires de Sorcières
Marcel Pineau

Chiffon
ou Les peurs d'un petit chien
Vonny Dufossé

Il était une fois six contes
Alain Dostes et Michel Sanz

Le bêtisovore
Pascale Boutry et Régis Delpeuch

Niveau 2

Le Mystère de la Rose Bleue
Pierre Debor

Samani l'Indien solitaire
Michel Piquemal

Meurtre au Palais-Royal
Marcel Pineau

Le Nombre d'Or
ou Le Secret des Volutes
Marcel Pineau

Rififi au Collège
Régis Delpeuch

Plume de bison
et les foies jaunes
Philippe Leroyer

Les Jouets du Clown Modur
Pierre Rouanne

L'Île aux Consignes
Pierre Rouanne

Danse avec la Mer
Yves Heurté

Vive le bruit !
Gérard Hubert-Richou

La sentinelle des collines
Christian Louis

Rififi à Sarlat
Régis Delpeuch

Les brumes d'ébène*
Christian Louis

Les éboueurs du ciel
Marc Gérard

Niveau 3

Petite Anthologie
du Policier
Sylvie Allemand

Petite Anthologie
du Fantastique
Michel Piquemal & Joëlle Wintrebert

Petite Anthologie
de la Mythologie
Michel Piquemal & Dominique Garcia

Petite Anthologie
du Théâtre Comique
Michel Piquemal, Dominique Garcia
& Daniel Royo

À moi le monde
Jean-Pierre Lesgourgues

*à paraître